Jeruso quiere ser gente

Premio El Barco de Vapor 1981

Pilar Mateos

Premio Lazarillo 1982

ediciones **sm** Joaquín Turina 39   28044 Madrid

Colección dirigida por **Marinella Terzi**

Primera edición: marzo 1982
Decimosexta edición: diciembre 1995

Cubierta e ilustraciones: *Alfonso Ruano*

© Pilar Mateos, 1982
© Ediciones SM
   Joaquín Turina, 39 - 28044 Madrid

Comercializa: CESMA, SA - Aguacate, 43 - 28044 Madrid

ISBN: 84-348-1002-6
Depósito legal: M-40638-1995
Fotocomposición: Secomp
Impreso en España/Printed in Spain
Orymu, SA - Ruiz de Alda, 1 - Pinto (Madrid)

A Denise

1

El robo del cajón

Lo QUE más le gustaba a Jeruso era despachar detrás del mostrador; que entrara la señora de la corbata roja, por ejemplo, provista de sus grandes bolsas panzudas y boquiabiertas, y se pusiera a pedir cosas, un tanto exigente, apuntando con la barbilla de un estante a otro.

—A ver... dos lechugas, tres kilos de naranjas, medio de nueces...

Correr entonces hasta el cajón de las naranjas e irlas echando de dos en dos en el platillo del peso; observar el número en que se detenía la aguja. Separar las hojas de las lechugas más hermosas para mostrar el corazón tierno. Y meter las manos en el saco de las nueces, haciéndolas entrechocar, organizando un alegre tumulto de castañuelas.

—¡Para, para...! ¿Dónde vas con tantas? Sólo quiero medio kilo.

—Pasa un poco —diría Jeruso mirando la báscula con el mismo ceño del señor Julián, así como sin darle importancia; luego, se quitaría el lapicero de la oreja e iría anotando los precios en un trozo de papel de estraza. Repasaría la suma para estar seguro de no haber olvidado las que se llevaba; y llegaría el momento de enderezarse, quedarse mirando amablemente a la señora de la corbata roja y decir con un aire inexpresivo, como el que no quiere la cosa:

—Son cuatrocientas setenta y cinco.

Casi lo que más le gustaba de todo

era cobrar el billete de quinientas pesetas en el que alguien había escrito con pena y bolígrafo rojo: «adiós, hasta la vista»; abrir el cajoncito donde se ordenaban cuidadosamente en diversos compartimentos los billetes grandes, los medianos, la calderilla... y contar las monedas para dar la vuelta. Jeruso estaba convencido de que podía hacerlo tan bien como el señor Julián, y hasta más deprisa y mejor; porque el señor Julián a menudo se armaba un lío y no sabía si había apuntado el precio de las naranjas o no había apuntado el precio de las naranjas. Bueno, pues no había manera de que le dejaran despachar; ni siquiera cuando la tienda estaba tan llena que no se podía cerrar la puerta y las señoras se peleaban entre sí porque había una que quería colarse, que decía que había dejado al niño solo.

—¿La atiendo yo? —preguntaba Jeruso.

—Tú, a lo tuyo —contestaba el señor Julián sin mirarle.

Lo de Jeruso era montarse en la bicicleta y andar de un lado para otro repartiendo pedidos; dejar la bici atada con la cadena a una farola y subir el cesto al piso de la señora de Rodríguez, donde le abría la puerta algún pequeño que apenas alcanzaba el picaporte.

—¡Mamá! ¡El de la tienda!

O entrar silbando en casa de Aíla, haciéndose el despistado, como si no la viera. Aíla estaba jugando a las canicas sentada en el banzo del portal, y casi siempre la pillaba haciéndose trampas. Decía, sin levantar la cabeza:

—Contraseña.

Jeruso pensaba un poco. Unos días tenía suerte y acertaba a la primera:

—La oca va con la foca.

Entonces Aíla se hacía a un lado para dejarle paso. Aíla tenía siete años, y se movía con dificultad porque había sufrido un accidente de coche y una de sus piernas se había quedado más corta que la otra.

—¿Vienes a mi casa?

Jeruso asentía sin dejar de silbar, encaminándose con el cesto hacia el ascensor. Esa mañana se habían acumulado los encargos y no tenía tiempo para quedarse de charla.

—Ha dicho mi madre que me des las rosquillas a mí.

—Tu madre no ha dicho que te dé las rosquillas a ti.

—No; pero, ¿sabes una cosa? Hoy es mi cumpleaños.

—Ya lo sé —dijo Jeruso—. Naciste el mismo día que mi loro Teodoro. —Dejó el cesto en el suelo y miró a la niña con una expresión tierna y maliciosa—. A ver si adivinas lo que te traigo de regalo.

Aíla abrió mucho los ojos, ilusionada.

—¿Una dentadura postiza?

Jeruso movía la cabeza diciendo que no.

—¿Un traje de buzo? ¿Una pancarta? ¿Gusanos de seda?

Jeruso seguía moviendo la cabeza, diciendo que no. Y la niña miró de reojo hacia el cesto. Un gatito negro, moteado en blanco, asomaba graciosamente la cabeza.

—¡Un gato! ¡Qué chulada!

—Hace semanas que te lo estaba guardando.

—Es el mejor regalo de mi vida.

Otras veces, aunque no fuera el cumpleaños de nadie, Jeruso se las arreglaba para introducir en el pedido, de contrabando, una piruleta de naranja o un pastelillo bañado en chocolate; y todos los niños del barrio eran amigos suyos.

Por lo demás, el trabajo no era tan divertido como pueda parecer. Con frecuencia pasaba frío por el camino, o le caía encima un aguacero imprevisto y luego le estaba doliendo la garganta durante tres días. La bicicleta era muy vieja, oxidada y demasiado pesada, y cuando le pillaba una calle en cuesta y el cajón del pedido estaba muy cargado, Jeruso sudaba y se las veía negras para llegar hasta arriba. Por supuesto que sabía andar sin manos, y pedalear sentado en el transportín, y poner la bicicleta de pie sobre la

rueda trasera como si fuera un ca-
ballo. Y más cosas.

Precisamente un día, mientras estaba haciendo exhibiciones delante
de sus amigos Mario y la Niquetta,
le robaron el pedido; y Jeruso sudó
mucho más que cuando subía la
cuesta más empinada.

—¡Ay, mi madre! Y ahora ¿qué le
digo yo al señor Julián?

Estuvo buscándolo muy apurado
durante largo rato ayudado por Mario y la Niquetta, pero todos sus
esfuerzos resultaron inútiles; no con-
siguieron dar con el cesto. ¿Quién lo
habría robado? Jeruso conocía muy
bien las calles de su barrio y a las
gentes que lo habitaban. Era un
barrio de construcción reciente, y
todos los vecinos habían venido a
instalarse en él por el mismo tiempo.
Claro, que había unos que se iban,

otros que venían..., pero Jeruso los fichaba enseguida:

—En el catorce hay una señora nueva que es arquitecto. Dice que van a construir un polideportivo al lado del parque.

Y la señora Consuelo, la tía de Jeruso, comentaba muy satisfecha:

—Este valía para detective.

Los tres niños se habían parado delante de la librería, y contemplaban absortos la maqueta de ferrocarril que adornaba el escaparate; llevaba instalada allí todo el invierno, pero nunca se cansaban de mirarla.

—Aquí en el barrio no hay ladrones —dijo la Niquetta—. Yo no conozco ni uno solo.

La máquina estaba entrando en la curva, y Mario hizo un esfuerzo por apartar la mirada de ella y dirigirse por un instante a la Niquetta:

—¡Mira lo que dice! —Las luces del semáforo se pusieron rojas y el tren se detuvo—. ¡A los ladrones no se les conoce, ésa es la gracia! Si la gente los conociera, no les dejaría robar más, y ya no serían ladrones.

El tren entraba en el túnel. La Niquetta se puso en cuclillas para verlo desaparecer.

—No entiendes nada. Pueden robar en secreto. Uno sabe que le han quitado los patines, aunque no sepa quién ha sido.

—¿A ti te han quitado los patines?

Antes de que se perdiera de vista el último vagón, la máquina ya estaba asomando por la otra boca del túnel y enfilaba la recta a toda velocidad.

—¿A mí? Ni siquiera tengo patines...

—Pero, ¿te los han robado o no?

—No. ¿Cómo me los iban a robar?

—Pues eso —concluyó la Niquetta—. Porque en este barrio no hay ladrones.

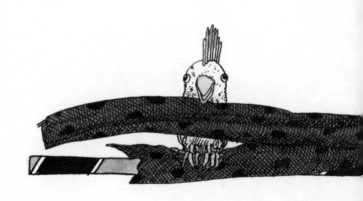

2

La señora
de la corbata

QUEDABA claro que entre los viejos vecinos no había ningún ratero. El autor del robo tenía que ser un desconocido, alguien que hubiera llegado recientemente al barrio. Los niños se pusieron a pensar laboriosamente, tratando de recordar las caras nuevas que habían vislumbrado durante los últimos días en el bar de Sebastián, *el Toro*, en la panadería, en la ferretería de Juan...

Jeruso, cuando pensaba, se quedaba muy quieto, como si fuera una estatua. Si tenía puesto un dedo en la barbilla se lo dejaba allí olvidado hasta el final. La Niquetta se mordía las uñas y movía los ojos a brinquitos. Mario se sujetaba la frente con las manos; bruscamente las separó proyectándolas hacia adelante. Jeruso dio un respingo:

—¡Ya sé quién! ¡El tipo del velomotor! Ese que lo aparca junto a tu casa.

—¡Hale, lo que dice! —se escandalizó Jeruso—. ¡Si ése es policía!

—¿Policía?

Mario se sintió tan ridículo que hubiera deseado no estar allí; pero procuró que no se le notara. Levantó la barbilla desafiante.

—¿Y qué?

—¿Dónde has visto tú que el policía sea el ladrón?

—Puede pasar, ¿no?

—Puede pasar —concedió Jeruso—. Pero sería un lío. Y uno nunca sabría quiénes son los buenos y quiénes son los malos.

26

Era verdad que eso complicaba mucho la situación, y bastante complicada estaba ya. Mario tuvo que admitir que era preferible descartar al tipo del velomotor y buscarse otro sospechoso más adecuado. Y se puso a la tarea con mucho empeño. Tenía que ser él quien lo encontrara.

—¡Ya lo tengo! ¡La señora de la corbata roja!

Eso era hablar con sentido común; el mismo Jeruso lo reconoció.

La señora de la corbata roja sólo llevaba quince días en el barrio. Había llegado un amanecer conduciendo una furgoneta pintada de colores explosivos y cargada con unos misteriosos y enormes armatostes, cubiertos con paños, que bien podrían ser jaulas. Se había encerrado en su ático, y nunca más se la había visto entrar ni salir. Era una señora muy sospechosa. No parecía una madre, ni siquiera una tía. Era tan grande como dos madres o dos tías. Tenía el pelo muy corto, espeso y amarillo, completamente amarillo; era como si llevara de sombrero una gran yema de huevo. Y se vestía con un mono, igual que Enrique, el del garaje.

—¡Qué gente! —suspiraba la señora Consuelo, la tía de Jeruso.

—Y, sobre todo, que no va a la tienda a comprar —puntualizó Jeruso—. Si no compra comida, ¿qué es lo que come?, ¿eh? ¡Pues lo que roba!

Esta era una razón de peso y no había más que hablar; pero la Niquetta siempre encontraba algo que objetar; quiero decir que le gustaba discutir; y daba rabia; porque se la veía tan distraída, como pensando en otra cosa, como si no se enterara del asunto..., y en cuanto te confiabas, ¡zas!, ya te estaba llevando la contraria.

—Hay gente que no come nada. Lo leí una vez en un periódico.

Mario, en cambio, era mucho más razonable.

—Eso es en los periódicos. En la vida normal, o sea, en ésta de la gente, los que no comen se mueren.

—Pasaba en la China —insistió la Niquetta.

Y Mario le dirigió una mirada cargada de desprecio:

—¡Ya ves tú! En la China...

Se sobreentendía que la China era un lugar remoto, y lo que allí ocurriera no tenía nada que ver con nosotros, los españoles.

De manera que los tres estaban más o menos convencidos de que la señora de la corbata roja había robado el cajón del pedido; y de que era preciso recuperarlo. ¿Qué iba a hacer Jeruso si no? El señor Julián se iba a poner como una fiera, o le descontaría el dinero del jornal, y entonces quien se pondría como una fiera sería la tía de Jeruso, lo que era peor todavía. Había que desenmascarar, sin tardanza, a la señora de la corbata roja.

—Yo sé dónde vive.

Todos lo sabían. Vivía en la casa nueva, la que tenía espejos en el portal y unas grandes butacas de cuero. Se encaminaron hacia allá los tres, en fila india, manteniendo el equilibrio para no salirse del bordillo de la acera; y un señor con bigotes que se llamaba don Abundio regañó a Jeruso por hacer equilibrios en el bordillo de la acera montado en bici y sin fijarse.

30

—¿Y si no ha sido ella?

—Se lo preguntamos.

—¡Claro, como que te lo va a decir!

Subieron en el ascensor hasta el séptimo piso, y luego siguieron por unas escalerillas estrechas donde la luz se iba haciendo más blanca y se oía el canto de muchos pájaros. Se detuvieron en el rellano, indecisos. La puerta estaba abierta, y lo que se vislumbraba del interior los dejó tan asombrados que olvidaron el motivo por el que habían subido hasta allí. Aquella no era una vivienda igual que las demás. Era como la caseta de un parque de atracciones. A la Niquetta se le encendieron los ojos de curiosidad como dos farolillos azules.

—¿Entramos?

—Habrá que llamar al timbre.

—¿Para qué? La puerta está abierta.

Mario no transigió. El sabía que hay reglas para andar por el mundo, del mismo modo que hay reglas para jugar al parchís.

—No puedes entrar en una casa que no es tuya. Es allanamiento de morada.

La Niquetta no entendió eso. Meditó las palabras, juntas y por separado, y no les encontró ningún sentido. Entonces les llegó desde la casa una voz vigorosa y alegre, tan potente como las vigas de madera que sustentaban el tejado; una voz que era como un apretón de manos.

—¡Bienvenido quien sea!

Y la Niquetta entró la primera.

La señora de la corbata roja estaba sentada en el suelo, sobre cojines multicolores pintados a mano. (Fijándose bien, no era una corbata, sino un lazo a medio atar y bastante arrugado.) Llevaba puesta una bata de cuadros semejante a las que se usan en los colegios, pero tan grande como ella y con los bolsillos abarrotados de cosas.

—Tres veces bienvenidos.

Nada más verla sonreír, Jeruso se dio cuenta de que ella no había robado el pedido; eso era evidente. Una mujer con una sonrisa tan confortable no hubiera robado ni una caja de quesitos; ni tan sólo un yogur. La señora Consuelo tenía razón al afirmar:

—Este sería un buen detective.

Porque Jeruso se daba cuenta de todo a la primera; y, lo que es más importante, sabía reconocerlo y admitirlo cuando se había equivocado.

Durante un buen rato, los niños permanecieron sin decir palabra, admirando, deslumbrados, las enormes jaulas donde aleteaban pájaros de todas las especies, las paredes totalmente cubiertas de sugestivas pinturas, los animales maravillosamente dibujados: tigres y perros, águilas y corzos; y las plantas que se extendían desde las ventanas por el tejado formando un jardín entre la chimenea y el pararrayos.

Había muchos pájaros que Jeruso conocía: el papagayo, la calandria, el petirrojo; pero había otros, de graciosas colas y caprichosos picos, que no había visto nunca.

—Los he traído de la selva del Amazonas.

—Me gustaría ir a la selva del Amazonas —dijo la Niquetta, poniendo una cara triste, como si ya supiera, por adelantado, que nunca llegaría tan lejos.

La señora movió la cabeza con la

34

misma expresión que adoptan los profesores cuando uno confunde la perpendicular con la bisectriz.

—No digas «me gustaría hacer esto o lo otro». Debes decir «voy a hacer esto o lo otro» —tenía unos grandes ojos grises en los que brillaba la luz de muchos mares lejanos—. Mejor aún, *debes hacer esto y lo otro.*

Cosas como ésta tenían sentido. La Niquetta lo entendió perfectamente y se dijo que así lo iba a hacer en lo sucesivo.

La señora que no parecía una señora estaba rebuscando pacientemente en sus bolsillos. Fue sacando un ovillo de lana que olía a gato, tres pinceles, cuatro postales, dos frasquitos vacíos, una piedra verdosa y varias pinzas de tender la ropa; al fin, dio con unas chocolatinas un poco espachurradas.

—Hoy no tengo otra cosa que ofreceros. Estos últimos días no he podido salir de casa.

Los niños la miraron con pena, porque es muy aburrido no poder salir de casa, quedarse uno encerrado en su cuarto mientras los demás están jugando al fútbol en la calle, en los patios, o mirando el trasiego de las aceras.

—A mí también me pasó eso —dijo Mario mientras levantaba cuidadosamente el papel de plata por una esquina—. Por lo menos estuve un mes metido en la cama cuando tuve el sarampión —se chupó el dedo índice pringado de chocolate—. Lo más seguro es que estés enferma.

La señora de la corbata roja aseguró que no, que nunca había estado enferma en toda su vida. Y se veía que era verdad. Tenía una cara ancha, tostada por el sol, y se reía con gana sin que hiciera falta un motivo. Cada vez que se reía, los pájaros trinaban con más brío, porque conocían su risa.

—Es por los huevos de la canaria —les explicó—. Los estoy incubando —se ahuecó el escote para que los niños vieran cuatro huevecillos diminutos al calor de su pecho—. No sé lo que le ha ocurrido a la madre. El cambio de casa le ha sentado mal. Hace varios días que abandonó el nido.

Los niños miraron a la canaria y la vieron triste y quieta en un rincón de la jaula.

—A mí me pasó lo mismo cuando me cambiaron de colegio —dijo Mario, haciéndose cargo de los sentimientos del pájaro.

—Son muy sensibles mientras están empollando —comentó Jeruso—. Yo me tropecé con un nido de codornices y la madre lo aborreció. No se pueden tocar.

La señora que no parecía una madre asentía; se movía pausadamente para no dañar los cascarones.

—¿Cuándo nacerán? —le preguntaron.

—En cualquier momento. Esta noche..., mañana. Ya deben estar a punto de romper el cascarón.

—Me gustaría verlo —suspiró la Niquetta; y, al instante, rectificó—: Voy a verlos nacer.

—Nunca cierro la puerta —dijo la señora.

Los tres niños se habían sentado en el suelo y lamían aplicadamente los restos de chocolate que se habían quedado adheridos al papel de estaño. Se estaba muy bien allí, pero

Jeruso se acordaba con inquietud del señor Julián.

—Me han robado el cajón del pedido —dijo en voz alta, sin venir a cuento.

Y la señora se hizo cargo inmediatamente de la situación.

—Es un problema. Tu jefe se enfadará, y hasta es posible que te lo descuente del sueldo.

—Lo más seguro.

—Y también se enfadará tu tía.

Se quedó un rato en silencio, reflexionando sobre el conflicto.

—¿Cómo podría ayudarte? —se preguntaba—. Lo único que yo sé hacer es pintar.

Y se la veía apesadumbrada por no dar con la manera de ayudar a Jeruso. De pronto, levantó la cara animosamente y señaló uno de los cuadros que colgaban de la pared.

—Llévaselo a tu patrón. No tengo otra cosa que darle.

Era una pintura al óleo bastante grande, de más de un metro de ancho. Los niños la contemplaron y les gustó mucho. Se sintieron más felices, más fuertes, con más gana de hacer cosas importantes.

—Es el río Amazonas visto por dentro —descubrió la Niquetta—. Las corrientes de agua se cruzan y se confunden, y la que viene del río negro tiene el color más oscuro. Es como si yo fuera un salmón que va nadando hacia el mar.

—Es una cueva como las que hay en el pueblo de mi padre —dijo Mario—. Se distinguen claramente los murciélagos y las piedras húmedas formando figuras. Me parece que yo estoy ahí, refugiado, mientras fuera cae la tormenta y se ven las luces de los relámpagos.

—Esta pintura representa el espacio —afirmó Jeruso—. Son constelaciones de estrellas y galaxias. Se ven planetas que todavía no se han descubierto, y lo más probable es que estén habitados. Es como estar volando en una nave espacial.

Y el señor Julián, cuando la vio, no estuvo de acuerdo con ninguno de los tres:

—¡Ni ríos ni cuevas ni galaxias! —gruñó—. Esto no se entiende. ¿Para qué quiero un cuadro que no se entiende? Mejor harías en espabilarte y encontrar el cajón. Pues buena se ha puesto la señora de Rodríguez al ver que no le llegaba el pedido... ¡Buena se ha puesto!

Se llevó el cuadro y lo metió en la bodega. Allí permaneció olvidado mucho tiempo detrás de unos bidones vacíos, y la humedad lo deterioró un tanto; hasta que un día, alguien, un inquieto hombrecillo que conocía el lenguaje de los delfines y el nombre de todos los colores, lo encontró por casualidad y se quedó muy sorprendido. Dijo que aquella era la obra de una artista muy importante y se la compró al señor Julián por una seria cantidad de dinero.

Pero esto sucedió varios años después, mucho después de que se acabe este cuento; y como Jeruso no podía adivinar el futuro, aquella tarde seguía muy preocupado intentando atrapar al ladrón de pedidos.

3

El chico de la guitarra

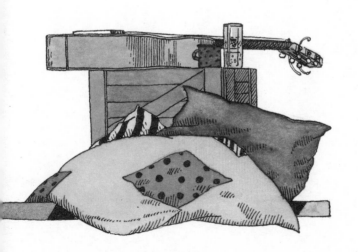

YA SABÍA yo que no había sido ella —comentó Mario asomándose de pasada al bar de Sebastián, *el Toro*. Porque Mario era así; le gustaba hacerse el listo y decía «ya sabía yo» después que las cosas hubieran pasado y todos las supieran.

Sin intercambiar ningún gesto, como si estuvieran previamente de acuerdo sobre lo que habían de hacer en cada ocasión, entraron en el bar.

—Ya está tu abuelita jugando a las máquinas —le dijo Jeruso a la Niquetta.

Era verdad. La abuela Tomasa —pañuelo negro a la cabeza, pardas faldas hasta los tobillos, alpargatas anudadas sobre las gruesas medias de lana— manejaba los mandos electrónicos con una habilidad increíble y un brillo entusiasta en los ojos.

—¿Es que no tienes nada mejor que hacer? —preguntó la Niquetta.

La abuela Tomasa acababa de llegar a la ciudad. Había dejado en el pueblo su pequeño huerto, las gallinas rojas y una vaca que se llamaba Generosa, y era lo único que le quedaba allí de familia. Y se había venido a vivir junto a sus nietos.

—Te pasas el día con la dichosa máquina —rezongó la Niquetta.

Sebastián, *el Toro*, estaba limpiando el mostrador con una bayeta mojada, y la *formica* relucía como el cristal.

—¡Venga, chavales! ¡No molestéis a los clientes!

48

A la abuela Tomasa la ciudad no le había impresionado ni poco ni mucho. Los rascacielos, el metro, los teatros y los museos la habían dejado indiferente; pero las máquinas tragaperras, los artilugios electrónicos y los futbolines la volvían loca. En veinte días se había hecho el ama. Era la mejor jugadora de la localidad.

—Eso es tirar el dinero...

Su nave espacial avanzaba victoriosa esquivando el ataque fulgurante de los rayos láser, sorteando milagrosamente andanadas de imprevistos misiles y desintegrando, implacable, a cuantas naves enemigas osaban hacerle frente.

Los niños seguían con atención y un poco de envidia las apasionantes incidencias de la batalla, y parecía que habían olvidado la tarea que tenían entre manos; pero no. En cuanto Sebastián, *el Toro*, encendió la radio y se escucharon los primeros sones de una canción callejera, la Niquetta se volvió triunfante hacia sus amigos, como si aportara la solución definitiva para sus males:

—¡El chico de la guitarra! —exclamó.

Y Mario y Jeruso lo aceptaron de inmediato como el principal sospechoso.

EL CHICO de la guitarra usaba camisetas raídas y sandalias muy gastadas. A pesar de que hacía casi dos meses que había alquilado una habitación en la zona, era un completo desconocido. No paraba en el barrio. Se marchaba cada día hacia las calles del centro, se acomodaba en cualquier esquina, y se ponía a tocar la guitarra y a cantar con una voz tan triste que los ricos que pasaban se compadecían de él y le echaban monedas en el platillo; incluso algunos que no eran ricos. Y con esas monedas compraba en la tienda del señor Julián frutas y zanahorias y palomitas de maíz.

—¡Qué gente! —suspiraba la señora Consuelo, la tía de Jeruso—. Ya no saben qué hacer con tal de no trabajar. ¡Unos muertos de hambre; eso es lo que son!

Por eso no robaban patines. Robaban cajones de comida.

El chico de la guitarra vivía en casa de Aíla; y esta vez los niños, al dirigirse hacia allá, se sentían seguros de no haber equivocado el camino.

Aíla estaba en la acera jugando a la goma. Claro que ella no podía saltarlas una y otra vez ni hacer tijeras con las piernas con la misma soltura que sus amigas. Le costaba más trabajo; lo hacía peor y perdía más veces. Pero jugaba. Aíla nunca se daba por vencida sin haber luchado antes con todas sus fuerzas; de la misma manera que nunca dejaba pasar a Jeruso sin que antes le hubiera dado la contraseña:

—La tortuga trae fortuna.

Aíla apartó la goma con que les cerraba el paso.

—Podéis entrar.

El chico de la guitarra vivía en el entresuelo, en una sola habitación cuyas paredes estaban cubiertas de fotografías de vaqueros, carteles de películas y fundas de discos.

—Esos son los Beatles —dijo la Niquetta.

El chico de la guitarra dijo que sí, que eran los Beatles; y el que estaba a su lado era el hombre que mejor tocaba la guitarra del mundo y se llamaba Andrés Segovia.

Con ladrillos y unas tablas se había hecho unas estanterías donde se amontonaban discos, libros y partituras. En vez de mesa, utilizaba un cajón, y se sentaron en pequeños barriles de cerveza. En una esquina había un *camping-gas* y una sartén. Los niños envidiaron aquella casa y se dijeron que cuando fueran mayores y hubieran cumplido dieciséis años vivirían en una habitación igual, y se harían la comida en un *camping-gas*.

—Pero yo tendré un zoo —dijo la Niquetta—, ardillas y conejos. Mi madre no me deja tenerlos en casa.

—Yo montaré un *scalextric* —dijo

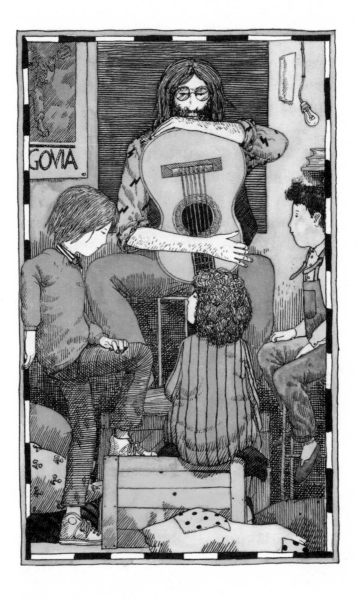

Mario—. Y no tendré que recogerlo en todo el día. Lo dejaré siempre ahí puesto.

—Yo prefiero un trapecio —dijo Jeruso—. Me gustaría hacer equilibrios con la bicicleta sobre un trapecio.

El chico de la guitarra los escuchaba con expresión amistosa. Lo que más le gustaba a él era recorrer el mundo con su guitarra, cantando las canciones que él mismo se inventaba.

—Y no creáis que es fácil —les contó—. A veces tengo problemas con la policía. Anoche me retuvieron en la comisaría más de dos horas.

—¿Te llevaron preso?

—No del todo. Pero me dieron un buen susto.

—Seguramente no les gustaron tus canciones —opinó Mario.

El chico de la guitarra se sonreía. Colocó una sartén sobre el fuego y echó una buena cantidad de maíz y de azúcar. Rápidamente puso una tapa encima. Los granos empezaron a saltar y a chisporrotear contra la tapadera. Cuando la levantaron, la sartén estaba desbordando de copos blancos. Se los fueron comiendo a puñados hasta que se quedaron nevados por dentro.

—Me han robado el cajón del pedido —dijo Jeruso.

El chico se tocó la barba. Era una barba dorada y suave como de miel; sus ojos también eran dorados y tenían un brillo burlón.

—¿Creíste que había sido yo?

—Sí —dijo Jeruso.

El chico no se enfadó. Lanzó una palomita a lo alto y la recogió limpiamente con la boca.

—Una vez robé una armónica cuando era pequeño —señaló a la Niquetta con el índice—, así, como ésta. La tuve que devolver.

—Yo tengo nueve años —puntualizó la Niquetta—. Lo que pasa es que soy bajita. Soy la más baja de mi clase; pero eso no tiene que ver...

—El caso es... —interrumpió Jeruso—, el caso es que el señor Julián está empeñado en que lo encuentre. ¿Tú no conocerás algún ladrón que viva por aquí cerca?

—Conozco varios —contestó el chico después de pensarlo un poco—, pero no roban botellas de leche ni nada de eso. Están muy bien organizados, ¿comprendes? No se arriesgan por tan poca cosa.

Jeruso asintió.

—Es como en las películas de la tele. Nadie roba un pedido en las películas de la tele. Nadie se molestaría en hacer una película por unas cuantas gaseosas y dos kilos de arroz.

—Ni aunque llevara dos paquetes de chocolate... —añadió la Niquetta.

—Exactamente —dijo el chico.

Ya no quedaba ni una sola palomita en la sartén. Ahora se la veía negra y sola y tan triste como Jeruso.

El chico le observaba, tamborileando con sus dedos largos sobre la mesa-cajón.

—¿De qué forma puedo ayudarte?

Jeruso se encogió de hombros.

—No sé. La señora de la corbata roja le ha regalado un cuadro; pero no le ha gustado.

El chico se levantó y descolgó la guitarra, que pendía de la pared. Al agarrarla sus ademanes eran tan delicados y tiernos como si estuviera acariciando a un gato recién nacido.

Mario pensó que cuando él fuera mayor y hubiera cumplido dieciséis años trataría todas las cosas con el mismo cariño, aunque Sebastián, *el Toro*, le llamara marica.

—Yo sólo tengo música —dijo el chico de la guitarra—. Le regalaré una canción.

Llegaron a la tienda en el momento en que había más barullo, justo a la salida de los colegios, cuando todas las madres se ponen a hacer la compra al mismo tiempo y todos los hijos piden chicles, piruletas de fresa y patatas fritas. El señor Julián andaba de cabeza de aquí para allá, sin dar abasto a envolver rodajas de mortadela; y apenas entendía lo que le explicaba Jeruso.

—¿Qué dices? Que no la has encontrado?

—Que no, pero que este amigo le va a cantar una canción a cambio.

El señor Julián se quedó mirándolo con cara de pasmado y con el lapicero en la mano; y se olvidó de que se llevaba cinco.

—¿Que me vas a cantar una canción?

—Es gratis —señaló Jeruso con énfasis—. Se la regala.

Y el chico de la guitarra ya estaba cantando. En esta ocasión no colocó el platillo en el suelo ante él, ni entonó tristes cantares para que los ricos que pasaban se sintieran compadecidos y le echaran billetes de cien pesetas. ¡Qué va! Contaba una historia muy divertida acerca de un perrito pendenciero:

Pelea con todos los gatos.
Espanta las gallinas.
Asusta a los patos.
Y, el día que llueve,
se baña en los charcos.

Su voz y su guitarra estaban tan unidas como la luz y el día. Al principio, los clientes sonreían tímidamente y llevaban el compás moviendo un poquito los hombros y la cabeza; pero enseguida los niños se pusieron a bailar. Y las mamás más jóvenes, las que llevaban pantalones vaqueros, tiraron las bolsas por las esquinas y bailaron con ellos.

Yo tengo un perro que es mi amigo,
que siempre está conmigo,
que siempre va detrás.
Yo tengo un perro que es mi amigo,
que siempre va conmigo,
corre que correrás.

Y las abuelas más locas y las gordas más simpáticas brincaban alegremente como podían; y hasta el mismo don Abundio giraba y giraba su bastón al ritmo de la música.

Cuando me marcho se pone triste,
agacha las orejas, empieza a llorar.
Y, cuando vuelvo, da saltos de alegría
y mueve la cola de aquí para allá.

Y entonces comenzó a llegar la gente del barrio atraída por la alegría de la música, y la tienda entera se convirtió en una fiesta. Niños y grandes bailaron felices sorteando los cestos de frutas y los sacos de patatas, saltando sobre las cajas de cerveza y brincando por el mostrador...

El señor Julián lloraba.

Muchos años después, el señor Julián contaba a quien quería escucharle que ese cantante famoso —ahora no recuerdo el nombre—, ése que sale tanto en la televisión y gana tantísimo dinero... ése; pues que había estado en su tienda cantando para él exclusivamente, y gratis, una canción muy salada.

No era verdad; porque el chico de la guitarra nunca fue famoso, ni rico; fue solamente un hombre feliz. Pero el señor Julián no distinguía muy bien unas personas de otras, unos músicos de otros; y, además, esto sucedió muchos años más tarde, mucho después de que este cuento se haya acabado; lo que ocurrió aquel día fue que Jeruso se llevó una buena bronca por la que había organizado allí, y tuvo que salir, quieras que no, a buscar el dichoso cajón del pedido.

—¡Pues buena está la señora de Rodríguez! —rezongaba su jefe—. ¡Buena...!

Y no había manera de hacerle entender que en aquel barrio no había ladrones, ni uno solo; que nadie arma ese jaleo por una cosa tan insignificante.

—En la tele —empezó a explicarle Jeruso—, en la tele roban cosas serias: esculturas con brillantes en los ojos, drogas, dinamita, informes secretos.

—¡El cajón! —bramó el señor Julián—. ¡Quiero el cajón aquí! —Y se puso a repasar la lista del contenido contando muy deprisa con los dedos—: Dos cajas de leche, tres gaseosas, cuatro latas de bonito, dos de sardinas, un litro de aceite...

—Bueno, bueno... —se fue diciendo Jeruso.

—Ya no quedan sospechosos —dijo la Niquetta.

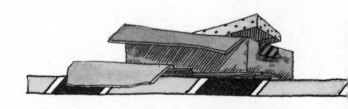

4

El viejo
de los cartones

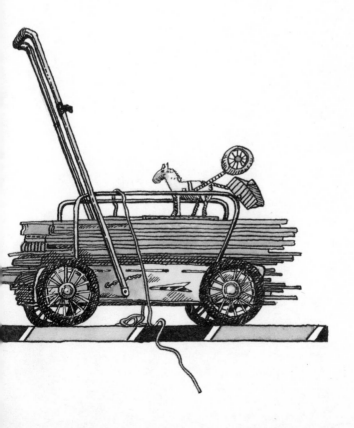

SE SENTARON a la puerta de la droguería y se quedaron mirando el trasiego de la calle. La Niquetta hurgaba con un palito en la juntura de los adoquines, para cazar una araña que acababa de esconderse. Se oía cada vez más próximo el sonido inquietante de una sirena; una ambulancia tomó la curva de la plaza y cruzó delante de ellos saltándose el semáforo en rojo.

—Seguro que ha habido un accidente —comentó Mario—. El domingo, cuando veníamos de la sierra, había un coche volcado.

—Yo vi un muerto una vez —dijo la Niquetta.

Lo había contado tantas veces que nadie se interesó en el asunto. Se lo sabían de memoria. Jeruso seguía distraídamente la trayectoria de la ambulancia que, al llegar al cruce, dobló a la derecha, tomando la dirección de la Avenida.

—Esa va a la manifestación —aseguró—. Hay una manifestación en el centro.

—¿De ambulancias?

Desde un banco de los jardincillos unos chavales los llamaron a voces agitando las manos; el Rubio les mostraba un balón de reglamento:

—¡Vamos a jugar un partido! ¿Venís?

—Yo no —contestó Jeruso—. Yo no puedo.

—¿Y vosotros?

—Estamos con éste —dijo la Niquetta con un aire resignado.

70

Estaba empezando a oscurecer; se iluminó el escaparate de la droguería; algunos coches circulaban ya con las luces de situación; y ellos seguían como al principio, sin ninguna pista. Era desalentador.

Atrapar a un ratero estaba resultando una tarea más pesada de lo que habían imaginado; y por si fuera poco, llevaban toda la tarde sin jugar. Un día perdido.

—Me gustaría saber cómo se las arreglan los detectives —dijo Mario, sintiendo una repentina antipatía hacia ellos—. Me gustaría saberlo.

La Niquetta les dedicó un mohín despectivo.

—Tienen de todo: radios para hablar a distancia, grabadoras, cámaras ocultas. Tienen máquinas fotográficas camufladas en un bolígrafo. ¡Así, cualquiera...!

—También hay que pensar —dijo Jeruso.

El autobús se detuvo chirriando en la acera de enfrente. Se bajó Enrique, el del garaje, y saludó con la mano al del quiosco de periódicos diciendo algo que no se entendió. La madre de Mario salía de la peluquería con el pelo limpio y reluciente. Mario pegó la cara contra el cristal, con una remota esperanza de pasar inadvertido.

—¿Has hecho los deberes?

—Casi. Sólo me falta una página.

—¿Compraste el pan?

Mario hizo una mueca de consternación que tenía ensayada para estos casos.

—¡Ay, no! Se me olvidó...

—¿Y el enchufe para la plancha?

Esta vez Mario no hizo ningún

gesto. Era preferible afrontar la situación pasara lo que pasara.

—Tampoco.

—¡Eres un desastre! ¡Dentro de diez minutos te quiero ver en casa!

Enrique entraba en el garaje. Justamente al lado estaba la casa donde vivían Jeruso y su tía Consuelo, en la portería. Jeruso estaba mirando hacia allá y se acordó del viejo de los cartones.

—Ya sólo falta el viejo —dijo pensativo—, el de los cartones.

Sin mucho entusiasmo, los tres se pusieron en pie y se encaminaron en su busca. A la altura del portal, Aíla deambulaba solitaria comiéndose un bocadillo. Jeruso se le adelantó y, bloqueando la puerta con los brazos, la miró burlonamente.

—La contraseña —exigió.

Aíla le devolvió la mirada de burla.

—No voy a entrar.

Se dio la vuelta con la arrogancia de una reina antigua, y se alejó tranquilamente mordiendo su bocadillo.

La señora Consuelo, la tía de Jeruso, estaba sentada en la garita, charlando con una vecina que tenía unas uñas muy largas y afiladas, pintadas de color morado. La señora Consuelo se estaba dando aire con un periódico, y al ver a Jeruso se quedó parada.

—¿Qué andas haciendo tú aquí? ¿No tenías que estar en la tienda a estas horas?

Jeruso agachó la cabeza, deslizándose hacia el interior. Mario y la Niquetta le siguieron silenciosamente.

—Me ha mandado el señor Julián a un recado, donde el viejo de los cartones.

—Otro que tal —se lamentó la señora Consuelo, dirigiéndose a la vecina de las uñas moradas—. Me engañó. Cuando le alquilé el sótano, pensé que se trataba de un caballero; y ya ve usted, recogiendo cartones por las basuras... ¡Qué gente!

Los niños bajaban por las escaleras del fondo. A medida que descendían aumentaba la oscuridad, y Mario tanteaba las paredes, un poco amedrentado, buscando el interruptor de la luz.

—¿Dónde se enciende?

—No hay luz. Se han debido de fundir los plomos.

—Haberlo dicho. Teníamos que haber traído una linterna.

—¡Y yo qué sabía!

—¿Es en esta puerta? —preguntaba la Niquetta.

—No. Esa da al patio. Es la otra más pequeña.

Hablaban en voz baja sin saber por qué, y se sentían oprimidos, como si llevaran puesto un jersey demasiado estrecho. Jeruso se acercaba a la puerta pequeña extendiendo las manos para no chocar. Apenas se veían unos a otros. El bulto de Mario estaba agazapado junto al hueco del ascensor.

—Es mejor que no entremos —sugirió el bulto. Le temblaban un poco las palabras, como si tuviera frío—. Los ladrones no se dejan capturar así como así. Están armados. Llevan pistolas y metralletas; además, hacen trampas.

—¿Qué trampas?

Mario se acordaba de muchas: una puerta que se cierra y te deja atrapado en una habitación sin ventanas; un suelo que se abre bajo tus pies y te precipita en una jaula de leones hambrientos. No era cosa de empezar a explicárselo.

—Trampas para ganar.

La Niquetta había retrocedido un trecho. Estaba tocando de nuevo con el pie el primer peldaño de la escalera.

—Pero nosotros somos más —se notaba claramente que lo decía para darse ánimos—. Tres contra uno.

—Y ni siquiera sabemos si éste es el verdadero ladrón —añadió Jeruso—. No tenemos pruebas. Sólo es un sospechoso.

El bulto de Mario continuaba pegado al ascensor, sin moverse.

—Pero ya no quedan más sospechosos, nos los hemos gastado todos; así que éste tiene que ser el culpable.

Era un razonamiento mal planteado; una acusación injusta.

Mario hablaba por hablar, sin pensar lo que decía. Jeruso se indignó.

—Tú lo que tienes es miedo.

—¿Quién? ¿Yo?

El bulto tomó una postura desafiante. Iba a decir algo, una mentira que no hubiera conseguido engañar a sus amigos: que no tenía miedo; pero comprendió que era inútil.

—Yo sí que tengo miedo —confesó la Niquetta.

Y en ese momento Jeruso se dio cuenta de que él también lo tenía. Era por eso por lo que el corazón le latía tan deprisa y le había entrado mucha sed de repente.

A partir de entonces la situación se hizo más fácil, porque la conocían mejor. Decidieron organizar estratégicamente la entrada. Jeruso derribaría la puerta para pillar desprevenido al culpable. Mario y la Niquetta respaldarían su avance protegiéndolo por ambos lados.

—¿Listos?

Jeruso suspiró hondo; retrocedió unos pasos para tomar impulso y se concentró en su esfuerzo como un atleta olímpico. Entonces se oyó un chirrido. La puerta pequeña se abrió pausadamente y apareció el viejo. En aquella oscuridad sólo se apreciaba su silueta alta y flaca. Tenía que encorvarse ligeramente para no chocar con el dintel. Llevaba una palmatoria en la mano con una vela encendida. Apenas los miró. Hizo un ademán amplio, invitándoles a pasar:

—No te quedes ahí de cháchara. ¿Traes los cartones?

Los niños permanecían inmóviles.

Era como si todos los relojes del mundo se hubieran parado en el mismo segundo.

—No traemos nada —dijo, al fin, Jeruso—. Estamos investigando.

EL ANCIANO los miraba ahora con mayor atención. Era verdaderamente un hombre muy viejo, como de noventa años, y a la luz de la llama, entre claros y sombras, su rostro ofrecía un aspecto impresionante; su tono de voz, en cambio, emanaba tranquilidad, daba alivio, como cuando has perdido algo importante y, de pronto, al meter la mano en el bolsillo del abrigo viejo, lo descubres allí olvidado.

—Creí que era Aíla. Suele venir a estas horas a traerme cartones.

Se adentró en su vivienda y los niños le siguieron. Mario se tropezó con Jeruso en el momento de cruzar el umbral.

—Vivo de eso —decía el anciano—. Busco cartones en la basura y voy a venderlos cada mañana a la fábrica de papel.

La estancia estaba iluminada por numerosas velas y atestada de enseres diversos y extraños: juguetes antiguos, que te daban la sensación de haber entrado en el túnel del tiempo; ejércitos de soldados de plomo; muñecas de bocas pintadas y pelo de verdad; una locomotora de madera, sin pilas, sin cuerda, sin mando a distancia, una preciosa reproducción de una máquina de vapor como las que se ven en las películas del Oeste; y barcos de vela, con los que empezar de nuevo a descubrir el mundo.

—En casa de mi abuelo hay uno igual que éste —dijo Mario—. Tiene luces en las claraboyas.

Había un curioso retrato de un hombre sin ojos, que servía para esconderse y mirar sin que te vieran. Te colocabas detrás y observabas por los agujeros de los ojos con los tuyos propios. Y las pupilas del hombre del retrato eran azules, o castañas, o negras. Había una cama defendida por cuatro guerreros con los arcos tensos; y un ciervo disecado; y un velocípedo de hace cien años. Y por aquel entorno variopinto, el viejo paseaba, complacido, su mirada, con el orgullo de un rico propietario que mostrara a sus invitados el más fastuoso de los castillos.

—¿Qué os parece? Un auténtico palacio, ¿no es verdad? Pues todo esto lo he recogido en los basureros.

Jeruso iba tocando una por una las dieciséis puntas de la cornamenta del ciervo.

—¿Esto también?

—Eso también. Te sorprenderías de las cosas que la gente tira a la basura. Se podría construir una ciudad entera con todos los desperdicios. Y sería una ciudad fantástica, os lo aseguro.

Los niños imaginaron una ciudad entera con el ambiente de aquel cuarto; una ciudad poblada de objetos inútiles, disparatada, sin orden ni caminos, donde en cada esquina te aguarda una sorpresa: enormes tuberías por donde entrar y salir, montañas de cajas que escalar, laberintos de escaleras que nadie sabe si suben o bajan.

La Niquetta se había sentado en una mecedora paticoja. Mecerse en ella era muy divertido, porque no podía preverse la dirección del vaivén y nunca sabías a dónde ibas a parar, a un lado o al otro, delante o detrás. La Niquetta no comprendía que alguien tirara a la basura una mecedora como aquélla. Mario abría y cerraba los cajoncitos de aquel armario rojo y negro, absolutamente fascinante. Tenía docenas de cajones minúsculos, multitud de huecos en donde esconder pequeños tesoros. Mario se hubiera considerado muy afortunado de poseer semejante mueble.

—Es feo —dijo el viejo—. Maravillosamente feo.

Apretó un botón que estaba disimulado en uno de los tiradores, y un cajón se deslizó automáticamente, dejando al descubierto un doble fondo.

—Es un resorte secreto. Dicen que su dueño guardaba en este escondrijo un saquito de esmeraldas. Había trabajado toda su vida para conseguirlas.

—¿Y qué pasó?

—Pasó que, cuando el dueño murió, todos sus herederos, los hijos, los nietos, buscaron durante años el resorte secreto sin llegar a dar con él.

—¿Lo encontraste tú?

—Lo encontré por casualidad. El cajón se había atascado, y al tirar con más fuerza, apreté el botón y el escondite quedó al descubierto; pero las esmeraldas ya no estaban allí. Alguien debió hallarlas antes que yo.

Mario movió la cabeza, pesaroso.

—¡Qué lástima!

Pero no le interesaban realmente las piedras preciosas, sino el disponer de un cajón de doble fondo, sin que nadie, fuera de él, conociera su existencia, ni el sitio donde se camuflaba el resorte secreto capaz de abrirlo.

—Cualquier cosa... —dijo el viejo—, cualquier cosa que uno esconda tan celosamente tiene el mismo valor que las esmeraldas.

La Niquetta dejó de balancearse y asintió:

—Ya entiendo. Es lo mismo que cuando mi hermano pequeño me perdió las cuentas de vidrio que tenía escondidas en una caja de zapatos. Me dio tanta rabia como si fueran esmeraldas.

Jeruso pasaba el dedo por la llama de una vela, cautelosamente, lo bastante rápido para que no le diera tiempo a quemarse. El dedo se le puso negro de humo, y se lo limpió en la camiseta. Entonces, miró al viejo y le contó que le habían robado el cajón del pedido, que la señora de Rodríguez estaba muy enfadada, y no digamos el señor Julián; y gracias a que su tía, la señora Consuelo, no se había enterado aún...

—¿Estaba en la basura? —preguntó el viejo.

Jeruso se desconcertó.

—No, claro que no; nadie tira a la basura el encargo de la tienda.

—En ese caso, no hay nada que hacer, no te serviré de mucho. Yo solamente recojo lo que los demás desechan.

Ajenos a la conversación, Mario y la Niquetta iban de un lado a otro fisgando los objetos, tocándolo todo, haciendo funcionar incansablemente el resorte secreto. La Niquetta pensaba que cuando fuera mayor, cuando hubiera cumplido dieciséis años, sería basurera. Era un oficio rentable; y resultaba mucho más emocionante aprovechar las cosas del cubo de la basura que comprarlas en una tienda; ¡sin comparación!

El viejo observaba a Jeruso con una mirada tierna y sabia, y se daba cuenta de que estaba abatido.

—Veamos —murmuraba—, veamos lo que puedo hacer por ti.

Jeruso se encogió de hombros, desalentado.

—No sé —contestó—. La señora de la corbata roja le ha regalado un cuadro.

—¿A quién?

—Al señor Julián; pero no le ha gustado. Y el chico de la guitarra le ha cantado una canción. Y todo el mundo se lo ha pasado muy bien. Hasta don Abundio ha estado bailando y tocando palmas.

El viejo fue soplando suavemente, una por una, las siete velas que alumbraban la estancia. Todo quedó en penumbra. Por el tragaluz llegaba el reflejo de las farolas que iluminaban la calzada. Los niños veían pasar las piernas de los transeúntes y sus zapatos. Se quedaron un rato observando la manera de andar de la gente; tratando de adivinar cómo era el dueño de las sandalias, el de las botas, el de las playeras.

—Ese tiene muy mal genio, mira qué fuerte pisa.

—¿Y ése? Ese no sabe a dónde ir. Se para, anda, se para, retrocede...

—Ese es Enrique, el del garaje. Le conozco por las botas.

El viejo puso una mano sobre el hombro de Jeruso.

—¡Ea! —exclamó—. Yo te voy a dedicar mi jornada de trabajo.

Oteó por el ventanuco y añadió animosamente:

—Estamos de suerte. Hay noches terribles en que el frío te hiere como una navaja; pero ésta va a ser una hermosa noche, mansa como una oveja.

Y tenía razón; hasta la luna, según escalaba la torre de la iglesia y se iba poniendo cada vez más blanca, semejaba un cordero que pastase apaciblemente pequeñas estrellas por el cielo. Y las pisadas que resonaban sobre el asfalto tenían un sonido distinto, más próximo, más amistoso.

5

Aparece el cajón

MARIO estaba asombrado de que hubiera personas que transitaran por la calle a tales horas: una camarera, que terminaba su turno en la cafetería y corría para alcanzar el último autobús que la devolviera a su casa; un señor con la chaqueta del pijama asomando bajo la americana, buscando en la farmacia de guardia remedio para su dolor de muelas; unos estudiantes ruidosos que, probablemente, habían estudiado demasiado durante el día y necesitaban refrescarse al aire de la noche. Era sorprendente. Mario hubiera asegurado que a esa hora todos los niños dormían en sus habitaciones y todos los mayores contemplaban, bostezando, el programa de televisión; pero no. Todavía salía el carpintero del taller en donde había estado trabajando en un encargo urgente, y cerraba cuidadosamente la puerta con llave, y dos policías se detenían un momento en la esquina avistando la plaza.

El viejo de los cartones no era el único que indagaba entre los desperdicios. Unos cuantos gatos se escabulleron al percibir su presencia; y un perrillo negro, de ralos bigotes, acudía alegremente a su encuentro; estaba muy sucio y se le notaban las huellas de sus aventuras callejeras. Le faltaba la mitad de una oreja. El viejo lo acariciaba, hablándole cariñosamente:

—¡Ea! —decía—, a ver qué encontramos hoy por aquí. Parece que la noche se presenta generosa.

Le ayudó a desanudar una bolsa de plástico, y se esparció un delicioso aroma de chuleta a la parrilla. El perro se dio un festín de huesos.

—Se llama Sirio.

—¿Como el lucero ése que brilla tanto?

—Como ése. Quiere venirse a vivir conmigo, pero la casera no me deja tener perros en casa.

La Niquetta miró al viejo entre sorprendida y apenada.

—¿A ti tampoco?

Ya sabía ella que los mayores no siempre hacen lo que quieren: comprarse motos fenómenas o casas con piscina... ¡Pero ni siquiera un perro...!

—Ni siquiera un perro —suspiró el viejo.

Pasó una mujer menuda, flaca, arropada con una toquilla gris y un pañuelo a la cabeza. Iba empujando una carretilla sobre la que se acumulaban grandes cajas de cartón, que formaban una pirámide trémula; su paso era decidido y rápido.

—¡Qué! —voceó el viejo—. ¿Se te ha dado bien el negocio?

Sin detenerse, la mujer alzó una mano, señalando con el pulgar a su espalda.

—En la casa nueva han instalado hoy las cocinas —dijo—. Tira para allá.

Se encaminaron en la dirección que la mujer indicaba. La casa nueva estaba muy cerca, pero llegaron tarde. Todos los embalajes de las cocinas habían desaparecido ya. Aún alcanzaron a distinguir, hacia el cruce con la Avenida, las siluetas de dos mujeres que arrastraban las últimas cajas. El viejo miraba hacia allá con expresión paciente.

—Hay mucha competencia.

Fue muy cansado recorrer las calles dormidas buscando inútilmente entre los desperdicios, asomarse tantas veces a los cubos para reunir unos envases de leche, la caja de una camisa, unos recortes manchados de pegamín. A la Niquetta le hacían daño las zapatillas y ya no quería ser basurera de mayor. A Mario le escocían los ojos y tenía hambre. Mientras se acercaban de nuevo a su zona, pensaba que la ciudad estaba bien así, sin muchas sorpresas; era bueno saber que cuatro portales más arriba estaba su casa, que allí encontraría su cama en el lugar de siempre, y que su madre le estaría esperando para cenar.

Sirio los iba siguiendo amistosamente. Todavía se detuvieron a echar una mirada en los cubos de sus portales, y Mario descubrió, indignado, entre los restos de las verduras, sus viejas y queridas botas de agua, tan agujereadas como un colador. Era verdad que se mojaba los pies cuando se las ponía; pero ése no era motivo para desprenderse de ellas.

—Le dije a mi madre que no me las tirara, y mira.

Allí mismo se descalzó y se las puso. El viejo recogió dos botes de detergente, sujetó la mercancía atándola con una cuerda, y dio el trabajo por terminado.

—Mañana temprano iremos a venderlo a la papelera.

—¿Cuánto te darán por esto?

—Hoy no he sacado gran cosa. Noventa pesetas, ochenta y cinco... —hacía un movimiento de duda con la mano—, veremos qué le parece al señor Julián.

Entonces sucedió algo inesperado. La calle se pobló de voces repentinas y el propio señor Julián en persona se adelantaba muy agitado desde la plaza. No venía solo; detrás de él, los padres de Mario, los padres de la Niquetta y la tía de Jeruso se acercaban apresuradamente, haciendo aspavientos y exclamando:

—¡Allí están! ¡Allí están!

—¡Son ellos!

—¡Por fin!

Y venían los vecinos: la señora de las uñas violetas, y don Abundio, y el tipo del velomotor, que era policía, y el farmacéutico.

—¡Gracias a Dios que han aparecido!

—¿Pero es que no sabéis la hora que es?

—¿Dónde os habíais metido?

—¿Qué rayos hacéis aquí?

Y venía el chico de la guitarra, y algo más rezagada, caminando reposadamente, sujetándose el pecho con tiento, venía la señora de la corbata roja.

—¿Pero habráse visto?

—¡Qué chicos éstos!

—Mano dura es lo que necesitan.

—Los críos, ya se sabe...

Durante unos minutos nadie consiguió entenderse. Los mayores se hacían reproches unos a otros; acusaban al viejo de los cartones de secuestrar a sus hijos; y como no sabían si enfadarse mucho con ellos por haberlos perdido o alegrarse mucho por haberlos encontrado, hacían las dos cosas al tiempo; era una confusión total.

La señora de la corbata roja se

había sentado en el bordillo del jardín, y se estaba muy quieta y muy atenta. Se miraba el escote y se sonreía. Y otra vez. Se miraba el escote y se sonreía. Los adultos comenzaron a reparar en ella, extrañados. Primero uno, después otro, todos se quedaron mirándola en silencio, como si estuviera loca. Jeruso aprovechó el momento para explicarse:

—Hemos recogido cartones para el señor Julián. El viejo se los regala. Gratis.

El señor Julián contemplaba perplejo aquel montón de cartones que le echaban a los brazos, y no entendía que le dieran aquello a cambio de sus comestibles, ni qué relación tenía una cosa con otra.

—Es lo único que tiene —aclaró Jeruso—. Los cartones. Vive de eso.

—¿Queréis decir que habéis organizado todo este jaleo y que nos habéis tenido tan preocupados a causa del cajón del pedido?

Mario abrió la boca en un bostezo incontenible.

—Sí, señor —se lamentó—. El día entero sin jugar. Un día perdido.

Entonces todos comenzaron nuevamente a hablar al mismo tiempo. Acogotaban a Jeruso, lo aturdían; y no se enteraban de lo que estaba sucediendo allí.

—Jeruso, atontado, ¿sabes dónde estaba el pedido de la señora de Rodríguez? ¡Te lo habías dejado en la bodega! ¡Ni siquiera lo cargaste en la bicicleta!

La señora de la corbata roja sonreía como deben sonreír las gallinas cluecas; el primer pajarillo acababa de romper el cascarón y se acurrucaba dulcemente al calor de su pecho.

—¿Dónde tienes la cabeza, Jeruso, atontado? Si sigues así nunca conseguirás despachar detrás del mostrador, nunca tendrás una tienda propia. ¿Te enteras?

Y, una tras otra, las crías de canario iban saliendo por el escote de la señora de la corbata roja.

—¡Qué gente! —decía la tía de Jeruso—. ¡Qué gente!

Se movían ciegamente, desnudas, con el cascarón pegado al cuerpecillo.

—Pero tú ¿qué es lo que quieres hacer en la vida, Jeruso, atontado? ¿Crees que se puede andar por el mundo con esa cabeza de chorlito? ¿Qué vas a ser tú de mayor?

Jeruso los oía imperturbable, con una calma nueva que le hubiera nacido, como los pájaros, en lo hondo del pecho, y que nada ni nadie conseguiría quitarle; y aunque hablaba con mansedumbre, sin levantar la voz, muy suavemente, todos se quedaron impresionados al escucharle:

—Gente —dijo Jeruso—. Cuando sea mayor yo quiero ser gente. Gente como la señora de la corbata roja. Y el chico de la guitarra. Y el viejo de los cartones.

Se calló un momento y esbozó una sonrisa. Sus ojos afirmaban: «quiero ser gente».

Indice

EL BARCO DE VAPOR

SERIE AZUL (a partir de 7 años)

Jesus
mario